JN184281

濤声叢書第二一五篇

歌集 白礁

温井松代

現代短歌社

目次

平成二十二年

戦ぐべし　二
夏のことば　一四
公用語　一九

平成二十三年

秋の終り Ⅰ　二一
秋の終り Ⅱ　二四
冬籠る　二八
惨　三一
冬逍遥　三六
いや白く　四〇
記憶の欠片　四三
香は失せり　四六

やまもも　四九
八月のこゑ　五三

平成二十四年

こゑなき国　五七
恙のありて　六〇
水照り　六四
鬼柚子　六七
月　光　六九
遊びのごとく　七一
去年は去年　七四
遠　雷　七六
酷　暑　八〇
余剰なく　八二

平成二十五年

冬の曇りに　八六
身めぐり　九二
出来事　九五
花の季へ　九七
みなもととして　一〇〇
過ぎゆくもの　一〇四
茨の花　一〇八
夏の花　一一三
賢母ならざり　一一四
汽水の夏　一一八

平成二十六年

風の坂　一二〇

記　憶　一二三
今日はけふ　一二八
冬小感　一三〇
箱根駅伝　一三二
高橋由一展拾遺　一三六
暮　春　一四〇
雪の言触れ　一四四
潔からず　一四七
死と生と　一五〇
山樹々　一五四
母のほんたう　一五八
杳かなる　一六一
薄明の刻　一六四

平成二十七年
冬へ　一六八
花のこゑ　一七一
水のごとし　一七五
落椿　一八〇
恋ふ　一八二
自然のままに　一八四
眠りの刻　一八八
夏を納む　一九二
山の美術館　一九五
いまどの辺り　一九八
ことしの夏　二〇二
平成二十八年

寓話　二〇六
微塵　二〇八
冬の鳥　二一二
回顧　二一四
幼き日を　二一八
冬の海　二二〇
あとがき　二二三

白礁

戦ぐべし

風吹かば木霊となりて戦ぐべし倒れし公孫樹
はたふれしままに

倒れたるいちやうに若芽の出でしとぞよろこ
び事は小さく報ず

吹く風の緩らにあれな咲き撓み花重りする桜
一樹に

人間の生死に最もふかくゐて戦さの虚しさ詠
みましぬ人は
（『噫無常』）

戦場といふ結界に兄もまた人間の業（ごふ）を識ると
洩らしき

妻を娘（こ）を妹われをも愛ほしみ生きて償ふ何あ
りとせし

雪ふふむ雨となりたる卯月の宵（よ）にはかなる死
を人の告げ来る

若き日の職を遺影と人のなし死はうつくしく
飾られゐたり

目路を追ひ往く街道にかたまけてしらしらとする雨のみづきは

疎外感といふやもしれぬ　昨日（きぞ）濡れし靴を四月の薄ら日に干す

夏のことば

猛暑といふ人にきびしき天象のおよぶことなき花のくれなゐ

濁したることばの意など追ふならじ筋雲白き下をゆきつつ

みづからを識る難しさわれもまたこころ屈して聴く蟬しぐれ

体力の限界知れと啼きたつる蟬かと聞けば汗の噴き出づ

回転の椅子の周りを領域に日々在る夫が思ひ語らず

朝あさを声を高めて機器を売るテレビの利便が夫を惑はす

手に脚に障害あれば欲るといふ人間の思ひも
身ぢからならむ

〃なし〃と言ひ〃あらず〃と結ぶ消極を詠み
癖とするわが老のうた

わが生きの部分とはいへ露はにし集編まむと
す自らのため

年どしを費用(つひえ)の殖えしことなども老の暮らしの華やぎとせむ

指がけふ為したることの想定外　切り損ねたる夫の髪型

賜はりし一著に顕てる先人の生きの親しくまなこ瞠(ひら)かす

飲食に足らひ忘れし夏帽子かの食堂に行くこともなし

公用語

粛々と事をば為すと為政者は面あげて言ふ良きに悪しきに

〈遺憾〉なる言葉のもてる曖昧さ公用語はつねに憚りあらぬ

人格の表裏をみせて迷走の宰相選終ふ　猛暑日つづく

八月の記憶となして鮮烈に少女われらの隊列のおと

「伝令」といふ公用語たづさへて報告なしき
学徒わが日を

秋の終り　Ⅰ

浅川の底ひにとどく日の光（かげ）のきららかに生む
水の屈折

石ひとつ緩衝として流れゆく水はそれより条をなしつつ

きよげなる水の流れの生み出だすつばらかにして象なすもの

師の迎へ給へるごとし墓地の角せばめて咲ける白萩の叢

現し身をひとつ揚羽の掠めたり死者の霊とふ
こゑの涼しさ

新しく編みにし集を師に供へたどきもあらぬ
言葉まゐらす

修復の成りしみ寺の荘重を惜しみなく見すけ
ふの秋日は

平らかにひと日の花を咲き尽くす芙蓉のをはりに人は遭ふなし

ふたつ三つ花咲き残し自らの種（しゅ）を太らしむ秋の芙蓉は

秋の終り　Ⅱ

嘴太(はしぶと)鴉の濁(だ)みごゑさみしと言ひましきその声
きこゆ海の方より

病みましし彼の日もいまも啼く鴉からすは鴉
の思ひのたけを

われの生(よ)にそそぎ給ひしいちにんの恵にまゐ
らす言葉え知らず

彩ふなくことしの秋も終へりけり庭の公孫樹と齢古るわれと

心身の衰へしるきを肯へば去りゆく人を留むるすべなし

歌会といふをこよなきものとせし若き日ありき気負ひゐたりき

去りゆけるあれば新な処得て思ひを託すひと
もありなむ

古き事のあるやもしれず荒れ庭に直ぐ立つ石（つ）
蕗（は）のひと本の黄（きい）

千両の今年も実らず朱まさる万両あれば賀と
はなすべし

夫が身にわが上（へ）にいかなる年や来む今宵一会
の月がかがやく

冬籠る

暖かき地に住む者の罪ぶかさ降りきてましろ
きものをよろこぶ

降雪を恐れつつ長き冬籠る人らにけふも雪は
降りゐむ

美しく結晶なすを雪といふそを見るはなし昔
もいまも

冬桜咲ける辺りと凝らす眼に車窓の景は瞬を
とどめず

ひめやかにいちにんの訃を伝へくるこゑ遠く
聴く雪となる夜

一誌編む苦しさときに洩らされし君と親しみ
過ぎし歳月
（悼・小島宗二氏）

長き年妻看しからに飯を炊き針も持てりと言
ひて笑ましき

送られし終刊号に君がうた閉ぢる言葉の無き
を哀しむ

惨

東日本大震災―平成二十三年三月十一日未曾有の大地震、
大津波が東日本を襲ふ

大地震（なゐ）の緊急速報了へぬ間に大き揺れ来る長
ながと揺る

泰然と椅子を動かぬ夫の辺にわれは手足の置き処もあらず

大地震の余波に崩れし玻璃の器の欠片を拾ふ動悸鎮めて

有り得なきものをこの世に見てをりぬ家が車が流れゆくさま

正目には見るべし波が黒ぐろとのたうちて嗚呼　街を呑み込む

何も彼も黒き魔ものが攫ひしと遠く眼をやり老の呟く

行方不明の母そのままに捜索の手は休めぬと若き隊員

責追はぬ言葉を人は生み出せり　〝想定外〟はいのちの量り

暫定規準越ゆれ食ぶるに害なしと目を落し言ふ会見の場に

事故ありて初めてを知る放射線の〝シーベルト〟なる数値の呼称

風評が蔬菜に魚に及び来と言葉寡く老いびと
嘆く

恩恵と災禍のなかに成り立ちて紙一重なり生
きるといふは

冬逍遥

枯松葉踏みしめのぼる遊歩道あそび歩むとい
ふ道ならず

肩に触れ冬を保てるみどり葉が原生林のはつ
か香となる

黄ばみたる今年の竹の空を衝き暗ぐらとせり
羊歯を根方に

いづくまで伸びゆく木々か銅線に縛らるる楠
の秀末は見えず

花のなき季(とき)もまたよし細き葉を反らし株なす
冬の春蘭

二岐る道の標と据ゑられし石のたひらにしばらくを座す

わがうへに留めおきたき時があり惜しきまで移ろふときを

くだりゆく足の先へとこぼれきて遠没りつ日のひかりは澄めり

倒木の傍へに立てる巨き木の剝落に差すけふの夕光

魚（いを）寄する樹々をたふとぶ岬山に須臾を遠ぞくわれの俗世は

いや白く

消しゴムに消せばすなはち失せにけり文字もろ共にこめし思惟さへ

飲食に起ち居に衰へしるき夫みづから為し得ることの減りゆく

生きをればどうにもならぬことのありどうに
もならぬことはいとほし

壮健をはた衰退を見尽くせばいづれさみしき
人の歳月

昨日(きぞ)よりもまどかになりて照る月が白き桜を
いや白くする

いにしへも月夜(つくよ)はものを想ひけむ無常を或る
はこの世の春を

仏壇の隈にし憚り置く写真この家(や)の者にはあ
らざる母の

暁闇の夢に出で来しひとのこゑ誰と覚えずや
さしかりけり

記憶の欠片

蠟燭の灯しに寄ればこの夜を災禍頒かてるご
ときかわれら

大地震（なゐ）の惨忘るなと海神（わたつみ）の残したまふや松の
いつぽん

見の限りもの無き浜に悲しみの記念樹となるべく残りし松か

ゆくりなく茨城産のブロッコリー食うべてわれは国（くに）民（たみ）となる

詠み残しおかむとはすれ貧しかり遭ふなきわれの震災のうた

感情の乏しき夫に若き日の不約を責めぬ幸(さき)く
あらぬと

独白のごとき会話のおほかたは甘やかにして
記憶の欠片

いちはやく気の湿り知る膝をもち雨の日けふ
の動きは鈍る

くれなゐに花まかがやく石楠花を咲かせて人
はことば寡(すくな)し

威厳といふ花の言葉にとほくゐる咲かせる人
も見過ぐるわれも
香は失せり

老耄といふも時には憎からず〝彼女〟など妻(め)のわれは言はれて

気づかれぬままに茉莉花・梔子の花咲きつぎて季(とき)は香を失す

にんげんの都合にかかはりなく咲ける木草の自然(じねん)にけさは近づく

口開けよもの言ひ給へとかき口説きわが名言
はしむ瞑(めつむ)る夫に

急変の惧れ言ひさし口ごもる医師がかすかに
視線を逸らす

意識なき夫をし目守るいくにちを食欲りてを
り現し身の胃は

冥ぐらと眼には近づく夏潮の底ひを見むかこよひの夢に

やまもも

意識なき夫を運べる人のこゑ命あづかる声と思へり

やまもの密なる木末揉みしだく風がめぐり
の熱をともなふ

地に腐(くた)し雨にくろずむやまもの壮んなる実
を見ることもなし

茜いろふふめる雲の移りゆきばさりと夏のか
はたれは来る

人を恋ふことを罪科とする世ありきいま憚らずわれは人恋ふ

ただ息をしてゐるだけの顔を見む顔見むとゆく夏の街道

八月のこゑ

間に合はぬいのちを告ぐる医師の声抑揚もたぬ人のそのこゑ

子と車疾(はし)らす八月十五日由々しき事は脳(なづき)にとほし

慟哭の記憶の周（めぐ）る八月に加はるわれのひとつ
悲しみ

肯へる死とはならざり亡骸に添ひゆくみちに
稲は穂孕む

悉く陽に咲き垂るる花ダチュラかかる果敢な
きかたちを知らず

〈花音痴〉の夫が唯一愛でしかば風にさゆら
ぐ芙蓉　せつせつ

ひと日ごと数を減らして咲きつげる花の焉（をは）り
を見とどけむとす

双の手に顔を覆ひて哭きゐたり六十路に近き
子が父の死に

触れたきは温みある手ぞ氷(ひ)のごとき額(ぬか)をし撫づれば涙のこぼる

わが内に溢れむばかりの死者となり夫よあなたがいよいよ恋ほし

逢へぬことつね逢ひ得るに等しきと思ひ定めてうつしゑを置く

新聞に佳き歌ひとつ拾ひ読み朝のこころの少
し安らふ

しあはせに在り経し父とわが問ひに答へて通
夜の濁りなきこゑ

祭壇に破顔の大き遺影掲(か)けかかる人生(ひとよ)の夫と
思はむ

こゑなき国

権力者死して即ち後継者生めば変らぬ民の疲弊か　（北朝鮮）

統治者を失ふ国民（くにたみ）身を震ひこぞりて哭けり跪きては

忠誠のかたちとなして劃一に哭く群衆を映像は見す

世襲といふ権威の仕組みを異とせなきまでに措かれし国(くに)民(たみ)かはや

武力もて国威となせる人間の思想は生めりこゑなき者を

武を恃み飢うるに任せる彼の国の為政の果て
にいかなるが待つ

国敗れ得たる自由と知るはなき若きら哄ふ午
後の電車に

大いなるヒッグス粒子の発見に湧きたつ見つ
つ納豆を掻く

恙のありて

石蕗のわが歌よろしと言ひましし人老いて長き刊終へむとす
（石黒清介氏）

師の著作あがるはいつぞと幾たびも声かけくれましき空穂忌の夜

『窪田空穂全歌集鑑賞』成るなきを惜しみ給
ひき師の亡き後を

閉ぢらるるものの大いさ喪失は夫逝かしめし
われに更なる

夫とわが幸（さき）けくありと記したり二〇一一年初
の日記に

恙なく今年も過ぐすと約しゐき疑ひもなく屠
蘇を交して

生きの世に遺しし一つ亡き人のマフラーに付
くこれの白髪も

いくにんの鬼に嗤はれ来る年を恃まむとする
人間（ひと）なるわれは

冬あをき椿の葉のうへ薄らかに雪のありけり
起きいでし眼に

ペンを措き目をやる朝の玻璃越しにをやみな
く降る春を待つ雪

ほどほどにあるは美し雪降りを恐るることな
き暮らしの者に

水照り

浮き玉の浮かぶともなきひとつ黄が冬いろと
なる寂かなるまで

昏れゆけるまへの華やぎ　ときの間を湾のお
もてに水照(みで)りのうごく

南より北へと伸びるふた条の雲にゆふべの心騒だつ

ゆゑのなき怖れを常のものとする国に棲まへば行き場のあらず

繋留の船が揺れつつたたしむる波の吐息のごとき汐の香

親しみし重油の臭ひの薄れたる港となりて冬の気乾く

いくつ段なづみ来たりて出でし道よろこぶ脚をバスが追ひ越す

暖かき日和のうれしもとほれる路地にアロエの朱いろ残る

鬼柚子

肌あらき大き柚子の実いくつ垂れ人の声絶ゆ
昼の路地裏

丈低き庭木となりておほどけし鬼柚子といふ
冬の生りもの

どつしりとをかしき実よと言ひしかば頷きまししはとほき日のこと

危なげのなき歌などとやさしげに人は評せり便りに寄せて

抑へ来し思ひ洩らさむ人もなき夕べの部屋に灯りをともす

月光

この星を隈なく照らす月よみの全けき光　われも身に浴ぶ

環状に淡くひかりをめぐらせて澄みに澄みけり円かなる月

いかならむ力のもとにわれは在り月のひかり
の去り難きまで

月光を享けて起ちけむ一木（ぼく）が一草（さう）が見する須
臾のかがやき

事あらば身ひとつ処するたやすさを想へさび
しゑたやすきものは

遊びのごとく

春はやきみ寺の庭に逢へりけり季（とき）の恵のごと
きしらうめ

身につきし垢とも鋼（はがね）ともみせて老梅は幹に白
き苔張る

紅梅の咲きいまだしも緩やかに幾すぢ垂るれば枝もまたよし

痩身のをとこが小脇に挟み持つ画帖にゑがく梅の細枝を

山の気の冷ゆるに相応ふ梅の香と息をつめ嗅ぐ花に近みて

春を待つ木草促す地のぬくみ指に伝はせ蓬ぐ
さ摘む

摘み草とふのどけき春の遊(すさ)びありその遊びす
る寒き日を来て

せせらぎのなけれ川とし水としてあれば清(さや)け
く芹をはぐくむ

侘助といふくれなゐの花あまた蔵ひて椿は闇を孕める

暮れ空に枝を伸ばせる桜木の花の豊饒　いまは見るなし

去年は去年

むらさきを昨日(きぞ)までとしてしろはなが香りを
こぼす雨の茉莉花

諸共に長くこの世に在りしかば足らひませと
ぞ人は軽らに

のつそりと日暮れを戻る家猫がわれに一瞥く
れて過ぎたり

黒き毛に花びら付けて帰り来し猫に怡しき刻のありしや

こころ凝らさむもの無しとせねわれを措き徒らに過ぐ月日といふは

遠　雷

ひと方にみちびくごとく花散らすけふ吹く風
のかたちうるはし

古りし家（や）の玻璃戸を鳴らし通りゆく風がひと
りの思考を閉ざす

あたたかき雨に濡れたる新聞に滲めるをとこ
がこの国を割る

さみしくはないと応へて受話器置く　障子の埃に眼は遣りながら

歓びにまさる寂しさ無しとせね過ぎ来たりけり三十年を

（「濤声創立三十年」）

繰り言のやうに思ひ出語るなど益なきことを老いてはすなる

諸ともに祝ぐべきけふぞ恙なく終へ来し者に
遠雷の鳴る

遺されし者がみづから課することままごとの
ごとき仏具を洗ふ

いちにんのみ名を恃みて経し歳月（とし）もおのが生（よ）
とせよ　星のかがやき

酷暑

買はれきて八年家族とされし猫抗ふとせず媚びるともせず

野に生れしものが手にせる潤沢さ猫がおのれの食選みて食ぶ

強靭がゆゑに好まぬやぶからし伸びゆく見れば粒の花もつ

炎昼の路上に若きら群舞せり競へるものは酷暑を凌ぐ

明日（あした）より暑さ戻ると告げられて老軀は覚悟強ひられてゐる

蜩のこゑ沁み入ると低く言ふ老いたる母に子
が近くゐて

余剰なく

一輪の咲けば開花と宣（い）ふ報らせ花見む思ひわ
れにも萌す

待つひとに応へて速き〝宣言〟もすみやかならず濠の桜に

おぼおぼとスカイツリーの尖塔がビルの狭間に在りて　東京

伴ふといふにはあらぬ方位来て勾配深くはこばれてゐる

地の底ひ生きものめきて走りゆく車体があまた生きものを乗す

長ながと現し身のゆく地の底ひ進化はつひに畏怖を超えなく

障(さや)りなく在れとのこゝろに順へば歩みおのづと美しからず

傘寿といひ卒寿と言へる古き齢（とし）のあはひの生
もみづからのもの

序列なく並べ了へたる草稿に暁（あけ）を起き出でし
ばらく対ふ

尊ばむものたふとしと経にし生（よ）のわが偏狭は
ときに疎まる

遅れ咲くもののもありけむ余剰といふ欠片さへなき花のいきほひ

風のむた上枝(ほつえ)しづえに打ち震ふ桜の花を行きて眼に観む

冬の曇りに

あかときの篠つく雨もあがるらし山鳩のこゑ
まろらに透る

かはたれといふ刻のある現つ世に啼くも哭け
るもいづれいつくし

瞑りゐて朝の臥床に聴くものかつばらかなる
は在りし日のこゑ

長しとも短しともする一とせは食卓兼ぬる机
をせばむ

妻の日に思ひもみなき簡略さコンビニの物に
夕の餉を了ふ

おぼろなる記憶のひとつ　役者絵の羽子板父
の買ひくれしこと

たまさかを顔見せにくる六十歳の子が着る赤きハートのパジャマ

闘ふを放棄せし子が香をたてて薄闇のなか紫煙を流す

尾鰭といふ色をつければおもしろき話とならむわが過ぎゆきも

自らの思ひにとほく来歴は歩みゐるらし彩は
れながら

人気(ひとけ)の〝気〟なき夜(よ)の部屋に戻りきてわが安
らぎのいつか定まる

牡丹(ぼうたん)といふにはあらぬ野ぼたんの紫が立つ冬
の曇りに

紅葉を称へむと来て身を冷やす老のゆとりと
いふはけざむし

いろ淡きものこそよけれ冬庭に咲(ひら)く菫も人界
のもの

との曇りはじめし空の下びゆき思ひなく暢ぶ
けふのこころは

身めぐり

悉く枝葉おろされ寒ぞらに仁王立すなり我家（わぎへ）の桜

鳥を呼び緑蔭をなし花咲かすさくらふたたび見ることなけむ

遠つ嶺の稜（かど）つばらかに夕暮れて見の限り差す
冬の茜は

おどろしきまでに夜空を焦がしたる彼の日憶
へり　あまたたましひ
（沼津空襲）

娶らぬと言ひ放ちたる若者の至りしまでの思
ひに触れず

身めぐりにをさなご見なき歳月の希求のごとくゆく乳母車

新巻のいつぴき縄に吊るしたる元日とほく鮭の絵を貼る

磁石もて貼りし氷庫に生なまし由一の鮭の削がれたる身は

近づきてはたは離りて見る鮭に朝をゆたけく節のもの炊く

出来事

幾行を読むほどもなくゐ眠れるわれか落しし本が音たつ

露はなる車内の視線身にあつめ拾はむわが手の本までの距離

憐むと咎むと向くる眼をよそに若きら俯き指をうごかす

本を納め人の眼を避け小さくゐるわれに構はず睡魔は襲ふ

身めぐりの一つ些事なれをりふしを思ひ出でては顔の赤らむ

花の季へ

束なせる花の香気は部屋に満ち贅を頒かたむ人は在さず

落葉掃く冬の仕事を失せしめて伐られし桜の
厳（いつか）しからず

車窓より見る雪富士の駅ひとつふたつと過ぐ
るに姿瘦せゆく

『相模野』の一冊遺し逝きにける人の恋ひた
る野路は冬ざれ

寒ぞらに白き椿のひらきけり皓きひとつはみづからの浄

伐られては多(さは)に咲き得ぬつばきにてわが諦念は花に及ばず

玻璃を透く日ざしはつかに明るむと眼をあげてゐる弥生朔日(ついたち)

みなもととして

締切を数へ集まる日をかぞへ朝々かぞふ錠剤の数

指折りてかぞへるといふ単純の単純ならず曲らぬ指は

痼疾もつ身に慰むと人の言ふ〝一病息災〟たはやすからず

泥むなれ歩むさきはひ　出でゆきて旨きもの食ぶ友らとも会ふ

香の強き野菜を好むわれの血のみなもととしてたらちねの母

大蒜の葉の玉子とぢ韮雑炊好み育ちき母の料理に

ものなべて乏しき戦後を頭(かうべ)下げ求め来ましき食の数かず

些かの物あれば足る飲食に老いて蓄ふ身めぐりの量

緩き坂のぼりて角にあふ桜日に日（け）に枝垂れの
花いろふかむ

雨に濡れ地（つち）にとどかむまで枝垂る花ばな想ふ
その重さなど

過ぎゆくもの

すべらかに山の傾りに黄をひろげ菜の花ここだくよき香を流す

ひとつ景見放ける山に惜しむらく曇れば遠き海をし隠す

花の下双掌（もろて）にいただく一碗のさみどりを賞づ
眼（まな）に喉（のみど）に

縁（ふち）あかき花びら反らし抽き立てるシクラメン
鉢の内なる造反

紫に咲く茉莉花のかをりたつ白花となるまで
の香として

朝の陽に最も近き位置に立ち梔子ひとつ香り放てり

はつ夏の帽子を透かす陽の眩しすぎなはあをき丈をし揃ふ

銀輪に埋め尽くされし処より遠景として残雪の富士

（国府津駅前）

空ざまに張られし架線の狭間より遠見え富士のけふの親しさ

いくばくの涼気をはこぶ雨の過ぎころも清けく啼くや山鳩

茨の花

身を守るものとし夫が凝りし杖黒檀の柄(え)が汗染み残す

これの世に在りし証と人はみな沁み出づるもの残さむとすや

宅配の男の声のつともやみ鈍き起ち居のわれ
を待つらし

強ごはしき男が礼（ゐや）して去ぬる際コロンの香り
微かに残す

主婦といふ職専らに在りしわれ　学を修めて
名を成しし友

昭和四年生まれの履歴のおほかたに〈動員〉
といふ戦時の時間

白皙の若き大尉(だいゐ)の巡回が少女われらの話題と
なりき

明日の保証なき日々にさへ異性へのゆめを育
む少女なりしか

立ち止まり立ち止まり来し人生(ひとよ)かも　戻りこ
し陽がずんずんと射す

答などいづくにも無し夕まけて茨(うばら)の花が坂を
ましろむ

夏の花

優しげな花よと夫の愛でしかば芙蓉はもっとも良き夏の花

灼熱に衰ふるなき浜木綿の葉叢が圧しくる夏の時間を

暮らしにも優先順位といふがありけふは朝より医のバスに乗る

わがためと言には尽くせ人のもつ善意といふもさみしかりけり

底紅のべに鮮しき花槿いくほどもなく萎えて地のはな

賢母ならざり

身体を毀傷せざるが孝なりと死語などを言ふ
若き者らへ

暁闇の静寂（しじま）を乱し汝（な）が曳ける大きトランクの
音の遠ぞく

月ごとの機の往還を常となし子に過ぎゆきし
長き歳月

すでにして企業戦士といふならぬ子の往く国
に騒乱あるな

ひとり子の汝にこころを負はしめて賢母なら
ざり昔も今も

炎熱のややに衰ふ日の暮れをおしろい花がに
ほひ起せり

背かれし年月ながきを託ちゐる人の咲かしむ
くれなゐの薔薇

これの世に未練など無しと言ふ人に未練がま
しくわれは生き欲る

いささかの涼しき雨に緑(あを)み増す庭の木草に声かけて出づ

身ひとつを保たむ日々の厨事泥みてするをわが女医の褒む

小さく咲く芙蓉にそれもよろしよと現つ世に在る者はつぶやく

汽水の夏

下るみづ遡る水のいづ方に拠るともせなき鯉の往き交ふ

川底の浅きにうごく勦きかげ遡上の稚魚をいまし眼に見つ

白き腹水面(みなも)に反し躍る鯉　瀑布にあらぬはさ
みしかるらむ

川なかに杭を打ち込み夏舞台設ふらしき男が
三人(みたり)

松川の一字を貰ひしわが名かと老いて肯ふ訊
くすべはなし

熱きうちに打ちたる鉄は錆びしかど足らはむとせむ婚の一生(ひとよ)を
せめぎあふ水に漂ふうろくづと眺むるわれといづれ世に古る

風の坂

培はれ生りしあけびの淡しきを絵のごとく置
く夜の机に

山に採る木通の皮の厚らかを嚙りたりしは幼
き野性

寡婦といふことばをふとも可笑しめり夫亡き
のちの何が寡(すく)なし

荒風をさむくはさせぬ陽のあれば坂の枯葉と
歩みてみむか

人界を離(さか)りしひとのこゑかとも空ゆ降(お)りきて
鳴る風の音

たひらなるけふのこころは道の辺の猫の手に
のぶ痼疾もつ手を

同じこと考へてゐる人の息触れしと思(も)ひき
冬の海凪ぐ

記憶

十六歳(じふろく)の少女の日々に課せられし苦役の翳が
胸部に著し

造るべきは兵器にあらず狩り出され石を運びし痕か彼の日の

山塞を作戦本部となすために少女われらに強ひたる苦役

団結の一つ言葉に束ねゐて大いなる過誤を人間(ひと)は冒せり

肺患みしわが既往症六十九年経て白しろと画
像は写す

群なして渦なす鰯が玻璃うちに放てり瞬のす
るどきひかり

自らを衛ると起すトルネードうろくづなれば
美(くは)しかりける

人界に雲が起せる竜巻の想定あらぬものは恐ろし

さつくりと食めば喉（のみど）に滴れるひとつ顆ありて秋の豊饒

〝無し〟を忌む暮らしの風習（ならひ）梨の実を有りの実とつね言ひましき母

するめをば〃当りめ〃と言ひ擂り鉢を当り鉢
とぞ母の異称は

古びとのことば遊びに少女わが厨事ありき母
の傍へに

若かりし母の婚の日想ひみる知るなきことは
泪ぐましも

ひそやかに咲きゐたりけり違ふなく花ほととぎすに季は至りて

今日はけふ

全けき老軀など世にあらぬこと徒長枝剪りしのちの手は知る

遺されて世を古る者に頑張れとむづかしきことわがどちは言ふ

新しき薬を恃み帰りなむ　足に乾びて赤きさくら葉

明日に残る疲れは思へ今日はけふ二時間がほど駅まで歩く

季（とき）のむた八つ手の花の崩（く）えゆけり花とも実と
も分かぬがままに

齢（とし）なりの不具合などと認めてけふを為すべき
ひとつ事了ふ

冬小感

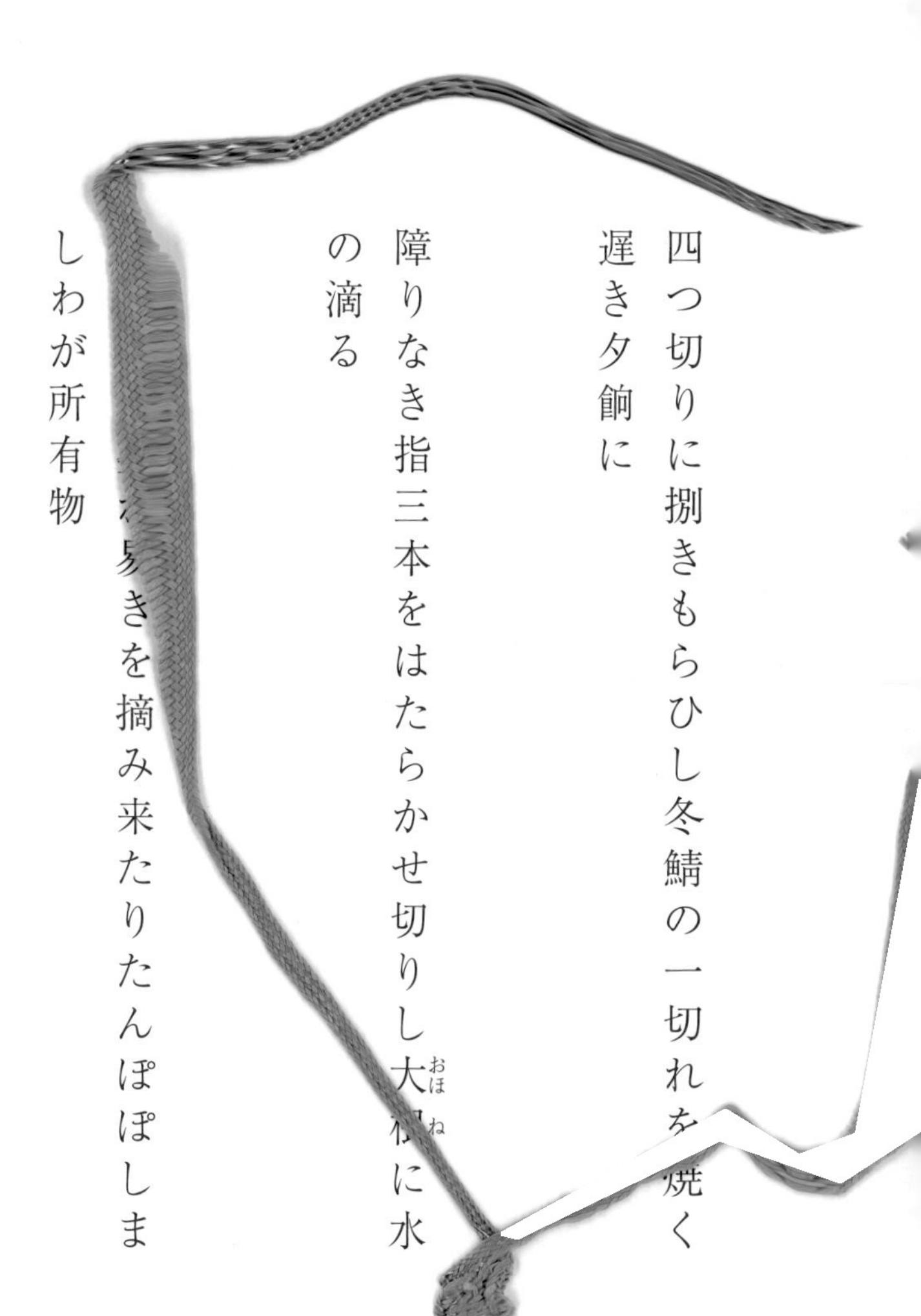

四つ切りに捌きもらひし冬鯖の一切れを焼く
遅き夕餉に

障りなき指三本をはたらかせ切りし大根(おほね)に水
の滴る

[illegible]易きを摘み来たりたんぽぽしま
しわが所有物

約束のやうに萎えたる野の花を小さき壺に立
たしめむとす

言はでものことを言ひたるけ疎さもわがもの
として夜の扉(ひ)を閉(さ)す

箱根駅伝

新春の箱根を走る若者の一分一秒あさ床に観る

去年の覇者日体大のアンカーが身ぢから尽くし守りし三位

一秒を削らむための一年がありしと言へり清かなる声

渡し得ぬ襷を握り頽（くづほ）れる無念をいくつ超えし
や彼ら

大磯の海沿ひ走る選手らを松の並木を俯瞰し
て見す

身動きの叶はぬ夫が年どしを眼を据ゑて視き
これの駅伝

去年（こぞ）ことし観る駅伝のひとりにてひとりは一
人の声をあげをり

銃ならぬ襷を肩に若者の戦はありき長くこの
地に

苦しみは苦しみとして歓びに代るなかりき学
徒わが日は

高橋由一展拾遺

平成二十二年六月、東京上野にて

自らを画きしは無思　ゐがかれし由一に見るは歳月の格

解かるとも頽(くづほ)るるとも象なし武具に潜める人のまぼろし

没落と黎明ひとつに流れゆく時代に沿ふごと
甲冑はある

己が世を見究めむとて描きけむ絨にはつか見
ゆる翳りは

厳しく綺羅なす服に身は包め明治の偉勲の
相は親しき

新しき〈リアル〉求めて泣かしめしモデルの
花魁のほそき頤（おとがひ）

削ぎ落す身の生なまし縄をもて吊られし鮭が
大き口開（あ）く

質感のけざやく鮭の皮皺む由一の画業ここに
とどめて

いろ淡き水ふところに舟浮かべ寂(じゃく)と峙つ大いなる山

なに視むと何に挑むと画きけむ由一にとほく夏の日を浴ぶ

暮春

ひとりなる暮らしの冥利　海つもの畑つもの
炊き人のくださる

人名を思ひ出せぬは栄養が脳(なづき)にとどかぬゆゑ
といふ説

なほざりに老いてはせなき飲食も日々恃めな
きことのひとつか

足指の痺れも常とし在り経れば秘かに恐るる
ことの薄らぐ

意を託す詞(ことば)さがすと夜更(ふ)かすにことばはいつ
しかわれより離(さか)る

午前二時のポストへの道　紫木蓮の雨に濡れたる花びらを踏む

紫木蓮に季(とき)の過ぐるはうらがなし高枝(え)に新葉の冥き重なり

思ひなき華やぎみする夜(よ)のさくら花の白きが灯しを払ふ

慶びの日を待つこころ老い長けし身はうちあ
ふぐ夜の桜を

人間も木草も土に還ること必然としてその日
を知らず

経験を語りて諾はしむるなど愚なると思ひよ
しとも思ふ

たましひの拠り処のごとく門前(かどさき)に花韮しろく
昏れ残りけり

雪の言触れ

ひしひしと昼を冥めて降る雪の量なしゆくに
まなこは瞠(ひら)く

天界ゆ何の言触れ　絶え間なく落ちくる雪を
生きの掌（て）に受く

雪を撥ね起ちあがりたる南天が見するはこの
日のためのくれなゐ

類型の一首をポストに投じ来て類型ならぬ今
年の雪か

若書きと謂はるる歌を世に晒し老いてはひとつ草さへ泥む

潤沢の時間といふべし　雪の日を籠りて供への餅など焼く

曇り日の弥生十日を咲き出でてさみしかるらむこれの桜は

潔からず

被災地に残る桜の咲けるさま映して画像にあふぐ人見ず

福島に在る係累に言(こと)及び人は見えなきフクシマ危ふ

この国に被災するなく生かされていくばく抱
ふ負なる惟ひを

潔き死の喩となして〈花と散る〉ことばのあ
りき　杳き戦に

伐られたる庭の桜が芽を出だしひつたり咲く
は潔からず

潔くあらぬ桜を称ふべしフクシマの桜わぎへのさくら

石楠花の艶(あで)なる花も崩(く)えゆけり季を限れるひたぶるの末

篁の昼を小暗く咲けりける浅葱いろなす著莪のすずしさ

水浅葱眼にさやさやとやどらせて眠りに入ら
む白みくるまで

死と生と

濁みごゑに啼ける鴉に返すごと暁（あけ）をひそけく
われも咳（しはぶ）く

こころ決めもの言ふときを咳きこみし少女の
羞(やさ)しみ思ひいづるも

抑へつつ抑へきれざる歓びに若きアスリート
がまなこを濡らす

十代のわれの知りける〈玉音〉といふはつは
つのにんげんのこゑ

少女らの慟哭ながき夏ありき　八月十五日昭
和の記憶

平成の八月十五日夫死せり　学徒兵たりし過
ぎゆきもちて
（二十三年八月十五日）

灰色に圧しくる空のけぢめなさ慶びといふ
人間の都合に

曇り日の相応ふ人生か二十歳にはとどかぬ花
嫁なりし彼の日も

自らの健脚誇り卒寿なる人のスピーチまこと
怡しげ

わがうへに降るごと賜ふ祝ぎ言に立ちあがら
むと少しよろめく

労られ識るさみしさも在り馴れし身は踏む雨
に濡るる街の灯

山樹々

深谿に吊らるる橋を踏む足が逸はやく知る風
の道すぢ

初めてのことにはなけれ老の身に出遭へるも
のはなべて鮮し

さまざまに葉型異なる山樹々のかがやきいで
ぬ季（とき）をひとつに

しなやかに枝葉伸ばせる夏椿照り葉ならぬは
いつの時代（とき）より

夏椿・沙羅樹いづれもうるはしき名をもつこ
れの幹の剝落

人間の寿命をまさる樹の年輪ひとの思ひは樹
木に如かず

根元よりふた岐（わか）る枝（え）が歳を経て明らかに見す
伸長の差異

源流(みなもと)を近きに秘めて流れゆく水のあるらしおとを韻かす

眼にゐがくみづ清らけし　夕ざりを容れて俄に近き山やま

曇り日の暮れゆく早し夏樹々は梢(うれ)より千の葉のいろ暗む

夕翳りゆく山々を見放けきてひくき水音（みのと）を胸にこぼせり

母のほんたう

〝見ぬものは浄し〟を母の格言に昭和なる世を生きましにけり

末の子のわれの知るなき心うち何を視まじと
母の在(ま)しや

何事も肯ひ諦む母の性たのみし父かはたまた
われも

些かのことは気にせぬ大らかさよそほひわれ
を育てましけむ

ほんたうは淋しかつたと死の際に洩らしましけり　母のほんたう

慎ましき母の一つの自慢にて若き日小町と言はれゐしこと

底ふかき紅(こう)のはなびら反らしたる薔薇をし囲む密なる柵は

一つ種（しゅ）を多に咲かしめ美となせるさみしきものを見て帰りけり

杳かなる

ちちははの墓参をせなきこの夏も径の檜扇咲きゐたりけむ

齢古るに記憶はいよよ際やけし物の形も人の思ひも

女（め）の児吾（あ）を囲みはやして男（を）の童（こ）らの愉しげなりき湊たれし子も

転校の女（め）の子に興もつ村の童（こ）のいぢめを怖れし記憶はあらず

米兵に追はれ追はれて逃れたる敗れし国のをとめの記憶

恐ろしき記憶といへど有るはよし老いし脳(なづき)にきざまれしこと

薄明の刻

すずやかに浜木綿のはな咲きゐたり朝の気に
在るものは美し

かはたれをもとほる坂に浮き立ちてゆめのご
としも白き糸はな

濃みどりの厚らなる葉に相合へる繊(せん)なす花の
かがやきの刻

薄明の刻にし遭へば浜木綿がはまゆふとなる
秘めておかなむ

後れ咲く芙蓉が季(とき)に追ひ着くと数をふやせり
朝な朝なを

赤らみて勢(きほ)ひ咲きけるこの年の芙蓉とみれば
われはもの言ふ

花と花押し合ひ咲けれ夕さればおのづ涼しも
風を呼びつつ

饒舌のひと日を過ぎて音を消す夜の画像に唇
うごく

リモコンを押せば即ち返る声押せど現つに返
り来ぬこゑ

懐かしみ哀しみ所詮変らねば愉しきことのみ
想はな　人間(ひと)は

風きざすごとく小さき地震(なゐ)ひとつ過ぎてふた
たび蜩聴かず

いにしへもあふぎ見にけむ　茅葺の大屋根の上への行合の空
（龍門寺）

冬へ

些かのこととはせむか自らのいのち延ばすとする厨事

ひとが人であるべく暮らす日々の所為おぼつかなけれ起たしめむとす

ひだり肩落してものを書く癖をうつして玻璃戸の長き年月

壮り過ぎし子なればわれの言ひいづる古き譬喩はさして効なし

〈あの頃〉といふはひとりの思ひにて眼を遣
る雲が鱗をほどく

ひとり子を恃みとはしてたのむなく生きなむ
おもひも果敢なかりけり

さびしさを知るなき者を怖るとぞ空穂の心の
奥処か辿る

待つといふ寂しさもつゆゑ人はみな然(さ)なきことだに幸ふならむ

花のころ

旬日をかけて七つの花ひらく百合が苦行の香り放てり

をりふしのことばとなりて香りたつ花はあの世にこの世の者に

黄ばみつつ垂れし花びらひとつ切りふたつ切りして花のこゑ断つ

語尾しかと言ひをさめ得て会を終ふけふを足らへるひとつとなして

淀みなくといふほどならね咳きこめることなく了へしを喜びとせむ

明日といふ恃めなきもの約しきて帰り来たれり時雨の坂を

目凝らして文字をし拾ふ灯の下に睡魔がのこす赤き斜の線

てにをはの一字の有無に意を正す短歌(うた)のことばの信条として

恐れげもなきもの言ひをさぶしめば先ゆき見えず国のことばは

枯いろに未だ間のある桜木に隠ろへ雀はこゑを潜めず

みづからのいろ穏やかに削ぎにける桜は冬の
樹々となるべし

水のごとし

如月の空に紛れてほの白く桜咲きけり　この
年も逢ふ

ひと本の冬の桜を瞬の目にをさめて過ぎぬふ
た駅がほど

細ぼそとさむき流れに沿ふ歩み音なき冬の水
の親しさ

円型に設ふ木椅子に人ら掛け何ごともなきこ
の町にゐる

過ぎゆきを憶へばとほし誰れ彼れの語りかけくる声ごゑもまた

この町に欅は相応ふ真直ぐなる太枝（え）細枝（え）を冬ぞらに張る

駅前に全容の富士あふぐ日の心躍りのふたたびは来ず

絶ゆるなき水のごとしも追憶はときに冷たくときに潤す

ふりかざすほどの大義といふもなし光を喚びて木々はつのぐむ

俄にも積れる雪にまなこ張る一月朔日ものの音なし

畏れとも欣びともして踏み出だすわが足を埋
むはつはつの雪

みづからを慰撫せむとして雪の夜(よ)を赤きポス
トにふみを落せり

真闇なる道を歩みしことはなし仄かなる灯が
雪みち照らす

落椿

乏しかる心すなはち歌痩すと言はし給ひきひくきみ声に

利するため歌は詠むなとものの知らぬ若さを戒めましき先生

握手といふ人の善意を拒みきて曲りし指を夜の灯にかざす

手本などされてはならぬ自が歌を直さむとしていくたび泥む

〈推敲〉といふやり直しのできることといつにてもありわれにもありて

はつかなる季(とき)の間を咲く紅椿落ちて落ちたる
花の美(くは)しさ

恋ふ

暁(あけ)の夢醒めてただよふさきはひの思ひの中に
しまし目瞑る

倖せの五官はつかに身に残し消ゆきたりけり
誰ともなくて

〈恋ふ〉といふ感情悪とせし時がかつてあり
けりやまとの国に

口にせぬ言葉は裡に蔵（しま）はれてゆたけかりけり
少女わが時代（とき）

どのやうな惟ひも科(とが)とせらるなき世に在り人
はことばを涸らす

自然のままに

眼に展く山の傾りに季(とき)は闌け黄(きい)あはあはと菜
の花さやぐ

乏しらに一つがひとつの花掲ぐ黄ばなはけふ
の余光となりて

しづかなる群となりたる菜の花に寄りくるは
なし虫もひかりも

季を選り緋色もつともかがやかす桜の自然(じねん)を
人はあふぎつ

種（しゅ）をあつめ桜の遅速を愉しますこの山里の春風さむし

黒つちにみどり稚き葉を列ね結びはじむるものの時の間

みづからの重みに得耐へず垂りにけるアマリリスの大き花のほそ首

大き花咲かせたりしはわれならずいくばくの
肥（ひ）と水の潤ひ
ちひさなる鉢に三つ四つ黄の花が外出（とで）の眼を
惹く見よとばかりに

眠りの刻

花の名を思ひ出だせぬ些かが恙とはなる日もすがらにて

どうでもよきことはどうでもよくはなし例へば忘るる花の名人の名

忘れるといふは苦渋か安寧か　つひに訊くな
し死したる友に

風邪といひ感冒といふ邪(よこし)まがわが感冒(をか)し食(じき)を
遠去(の)く

幾にちを怠りをりし飲食に思ひ至りてたゆき
身起す

十分の至近にありて二十四時灯りを点すわが
食の城

誕辰を生きの吉事(よごと)とする慣ひ子に祝がるれば
まこと良ごとぞ

サプライズなど企ての当世風うれしみてをり
山の茶寮に

山霧の湿りが甘をたくはふる畑つものわが舌がよろこぶ

欲るほどの眠りならねば起きいでて見る薄明のなかの眉月

木草にもねむりの刻の有りや無し厚葉薄ら葉なべて静もる

夏を納む

人間の利便を恃むほかはなき猫が身を寄すエアコンの下

叱責のやうな口調にもの言はれ不機嫌さうに顔あぐる猫

食と住足らへば日がな睡るねこ我が家の猫は
虫さへ追はぬ

にんげんの感情窺ふすべや知る十年共に在り
経し猫は

きのふまで啼きゐし蟬か仰向きの儀式のごと
き死を見て過ぎつ

この夏の惜(あたら)しきこと　胸うちに沁み入るほどの蟬声聴かず

長雨の熄みたる宵の草生より鳴き出づるものが涼しさこぼす

冷房のリモコン納め夏掛けを洗ひて明日より脳(なづき)あらはむ

山の美術館

六月の高原全けき緑（あを）となり樹は熟成の季（とき）に入るらし

隈所よりひそと案内（あない）のこゐはして浄らけきもの目守られにけむ

ピエタなる像の魂　世のあまた母のたましひ
けふ来て見ゆ

虔しめるこころに来たり愛しけやしピエタの
像も人の惟ひも

うら深く母ぎみ憶ひ詠ましけむ山の小さきこ
の美術館

外（と）つの国はたはこの国　悲しびのははを生みたる罪を問はばや

暑き陽を宥めて風の吹きとほる白樺樹林に鳥は来啼かず

いまどの辺り

生者にはありて死者には無きものを寿命とは
言ひ享年とも謂ふ

年どしを現つの身より失するものつばらかに
して自がのみぞ識る

著き老ともに曝して在りし日のあの無防備な
るまでの安けさ

予測なき自が享年を想ふとき秘かな羞(やさ)しみゆ
ゑなく兆す

あなたより幾つあねさん女房となるのか　ゆ
くべきあの世といふは

イヤホーンに聴くトランペットの強弱が夫を
ロッソを現つ世に招(よ)ぶ

絵そら事と夫の蔑(なみ)ゐしドラマより恐ろしきも
のはこの世の〈ほんたう〉

過ぎたるは及ばぬといふ古びとの譬へ肯ふ事
に触れては

物ごとは丁度がよしと言ひましき　丁度はわれのいまどの辺り

簡略に言ふが慣ひの世にありてわが〈終活〉は簡略ならず

ことしの夏

粗草を従へ立てる鶏頭の花猛だけと紅(こう)のくろずむ

叢(むら)をなし咲くに長けたるとさかぐさ繁り合ふ葉のまへに息づく

恃めなきまで秀を傾ぐ夏もみぢ　歩みを止めてしまらく仰ぐ

涼やかにあるはたふとし真おもてに灼熱うけて咲(ひら)く芙蓉は

いのち水携へ出づる炎天の底ひにみえくるわれが残年

聴かでものことも聴く耳あるときは人の話の
密か事めく

<泣くといふ武器を持つひと>仄聞は若き日
の傷　老い長けて花

老ゆること勁くなること同列に思ひはじめて
夫の死は来つ

馴れといふおのづからなる時間（とき）を経て戻るお
もひが一つ身起たす

〝有りのままに〟と少女は唱ひ繕ひて老は生
きむか俗世のなかに

身疲れを危ぶみくるる声とどめ帰る電車の須
臾の安息

月読の坂をしくだる靴おとが今宵は緩きリズ
ムをもてり

高砂の寿（ほ）ぎ名をもてる野の百合を持ちていゆ
かむ夫の墓所へ

寓話

暮れゆけるとき乳白の空がありて身は薄らなる
闇に溶けつつ

中ぞらに光芒はなつ望の月完けきものに雲の
随ふ

餅を搗く兎は見えね女の童わが憧憬なりき月
の寓話は

ひとつ角曲るあゆみに従き来たる歩速をもたぬ月読の位置

逡巡ののちをポストに落す稿わが小心に月の光(かげ)さす

微塵

降りいづる雨がたちまち脚はやめ坂を転がる
条をなしつつ

方形に刈りこまれたる満天星の未完の紅(あけ)に雨
降りそそぐ

気忙(ぜは)しく気象も人も過ぎゆきて軽んじられる
この世のことは

ラ・フランス腐りゆきける時の間を生れくる
もののわれにはあらず

一つ顆の豊潤失せしむ悔いなども呟きをれば
些事となる　夜を

ねむごろに包まれ氷庫の片隅に孤独死がある
セロリ一茎

この家に看とり送りし六人の残りの生を享けてわが生く

夜の部屋にはばたきやまぬ蛾のこぼす身の一部なるかそけき微塵

冬の鳥

濁み声をふたつ聞かせて移りたる嘴細鴉の消ゆいづくともなく

冬鳥の冬支度など想ひつつ黄疎らなる公孫樹を見上ぐ

紅葉になりきらぬまま葉を落す山木がやまの
色を分かてり

夏は夏の冬は冬なる惧れもつ者に紅葉(もみ)づる季(とき)
はみじかし

殺し合ひ止まぬ地球に還りくる人は在るべき
未来標(しめ)して

回顧

佳き歌を読めば詠みたくなるこころ車中のひかりに文庫本読む

読みて知り書きて識りたる才（ざえ）の無さ意志もて努むるほかにすべなし

揺れしげき車中に活字追ひし日よアンナも晶子もわれを放たず

この家にわが為ししこと六人を看とりはふりて過ぎし歳月

初めての死者となりたる娘(こ)の看とり　神は二歳に二日(ふつか)たまひき

障害者となりたる夫との二十七年憶へば辛き
ことのみならず

亡き人の余りのいのちわが享けて未だ恃まむ
人生なりけむ

矍鑠とふ老限定の褒めことば賜ひて帰るあゆ
みの泥む

健やけき老の称号〈矍鑠〉をつひにまゐらす
なかりき師の上に

身ぢからの限りを尽くし成り得なき無念を言
はしき死に近く来て

とほき日に思ひ及べば胸底に流るる水がいま
も音たつ

幼き日を

素の足に熱き砂浜駈けりたり辿り着くにはとほき水際

大人らに混じり綱引く漁(いさど)りの記憶鮮し夕べの雲も

かがやきて網に躍れる小魚(ざかな)をうつくしと見き
少女わが眼は

十三歳(じふさん)のわが四キロの遠泳の証書を蔵ふ箪笥
も古ぶ

大どかに人はありけり漁り(いさど)の人も静かな母の
小言も

冬の海

突き抜ける空を映さぬ荒海の真なかの礁（いくり）が白波かづく

冬海の動き広がり　圧しくれば水漬くも在るもいづれか等し

海境になづさふ雲の間隙に墨絵いろなし岬あらはる

雲と陽と時のはからひ　海神（わたつみ）の見せたまへるは現つなる瞬

皺波のしろく寄せゐる冬の海漁（いさど）るひとつ舟さへ容れず

水平に翼を傾（かぶ）しりんりんと近づく鳶が冬の風截る

移りゆく季節のけぢめ冥らぐらと洋（なだ）荒るるなり晴れの日のため

あとがき

平成二十二年の『碧洋集』以降、六年間の作品より五五九首を収録した『白礁』は、私の第七歌集に当る。主として「濤声」に掲載したものに、総合誌に発表した作品のほか、未発表の歌の何連かを加えた。自分に甘いという癖は今回も変りなく、校正の段階で削りたくなる歌を多く見る破目になった。結果的に出来なかったのは、気力、体力の欠如と言わざるを得ない。やはり老には克てないとつくづく思ったことである。

海に関する集名は今回も拘った。いい加減変えた方が、と思いながら迷った末、やはり海から離れられなかった。先師、大岡博先生から頂いた第一歌集が海に関わるものだから、というのは『潮流』までの理由で、後は私の中で自然に定まっていったように思う。八十七歳という高齢者の郷愁のようなものかもしれない。師の亡き後創刊した「濤声」も来年は三十五周年を迎える。私個人で言えば来年四月は八十八歳、米寿である。その年の八月十五日は夫の七回忌の法要をいとなむ予定。人生の節目の事が重なる。歌集を出すなら今年のうち、との思いに衝き動かされての歌集出版となった。五月頃から準備を始めたが、選歌、校正等、甚だ拙速に過ぎ、正直なところ不安が無いわけではない。しかしその場その時の精一杯の自分であれば、それでよしとするほかはない。

私は伊豆の伊東に生まれ、小学二年生まで伊東西小学校に通った。木下杢太郎作詞の校歌は今でも口誦むことが出来る。担任の男性教師の優しい風貌や言葉が、不思議と今でも記憶にある。三年生になる時、隣接する地の宇佐美村に転居、そこの小学校に通うことになった。昭和十二年頃だったろうか。現在は伊東市宇佐美として発展している土地だが、当時は半農半漁の小さな村であった。生徒も丈の短い着物を着ている者がまだまだ居た時代である。伊東は温泉町としてどこかハイカラな風があり、道楽者の父は私にボンボンの付いたセーターやベレー帽など着せてくれた。そのせいか、幼い転校生は忽ち村の小学校での〝いじめ〟の対象となった。現代の陰湿ないじめではなく、大勢で取り囲み、囃したてる、といったものである。意味不明な方言ではやされるのは口惜しかったが怖くはなかった。同級生の女の子はいじめはしないが、庇うというほどの正義感もない。それが当り前のような時代だった。

戦争の足音が近づきはじめ、世の中の男子はいずれ兵隊となり、お国の為に戦う大切な存在であり、女子は何事も二の次であった。そうした世の中とは関りなく、家では親兄姉に可愛がられていたので寂しいと思ったことはないが、村の子とは馴染めず、いつも一人で遊んでいた。

当時の宇佐美海岸は伊豆一番という遠浅の海岸で、広い砂浜では夕暮れになると地曳網が始まる。大人も子どもも一緒になって網を引く。ただ綱につかまっているだけなのに、獲れた小魚を手で掬い分けてくれる。あの頃の大人は大らかで、子どもは無邪気だった。不自由を不自由と感じない豊かさがあったように思う。そのせいか友達の無いことは寂しいことではなく、むしろ独りで遊びを見つける楽しさがあった。誰にも教わらず一人で波とたわむれるうちに泳ぎを覚えた。面白くなると沖まで行き、やっとの思いで戻って来たこともある。或る時、突然大波に襲われた。余りの恐怖に逃げるよりはと、咄嗟に潜り巻き込まれず波をやり過ごすことが出来た。水から顔を出したとき、そこには光に満ちた静かな海が広がっていた。一瞬別世界を見た少女は、大波の下をかいくぐるという、無謀な遊びにとり憑かれた。失敗すると波に巻かれたまま砂浜に投げ出される。鼻も耳も砂まみれとなり息もつけない状態になりながら、それでも愉しかった。波の向こうに見た光景は何だったのか。漠然とした少女の憧憬なのか、判らないが記憶は残る。ともあれ海は私にとって特別なものになった。

家族にも友にも誰一人話したことのない昔話を、私はいま書いている。書くことで現在の自分を確かめておきたいという思いもある。長い人生の中で幾度となく死に直面し、また死を見届けてきた人間がこうして存えている。どれほどの生が残されているか知る由もないが、生きている限りは自分らしく生きたいと思う。出来る範囲の事をするしかない。

この度もまた小林敦子さんには浄書のお世話になった。ずっと書き続けてくれたお蔭である。有難いことと言わねばならない。また、現代短歌社の道具武志社長、今泉洋子様には今回もお世話頂きました。細やかなご配慮に篤く御礼申し上げます。

六月二十日　梅雨ぐもる日に

温井松代

温井松代略歴

昭和４年４月９日　静岡生
昭和44年　「菩提樹」入社　大岡博に師事
昭和51年　第８回菩提樹賞受賞
昭和54年　『海と風と光と』短歌新聞社刊
昭和57年　『冬華抄』短歌新聞社刊
昭和58年　「濤声」創刊
昭和63年　『温井松代歌集・茜雲』芸風書院刊
平成６年　『潮流』短歌新聞社刊
　　　　　（神奈川県歌人会優良歌集賞受賞）
平成15年　『海境』短歌新聞社刊
　　　　　（日本歌人クラブ南関東優良歌集賞受賞）
平成22年　『碧洋集』短歌新聞社刊
平成26年　日本短歌雑誌連盟功労賞受賞
平成28年　『白礁』現代短歌社刊

歌集 白礁　　濤声叢書第25篇

平成28年９月10日　発行

著　者　温　井　松　代
〒259-0201 神奈川県足柄下郡真鶴町真鶴359-1
発行人　道　具　武　志
印　刷　㈱キャップス
発行所　**現代短歌社**

〒113-0033 東京都文京区本郷1-35-26
振替口座　00160-5-290969
電　話　03（5804）7100

定価2500円（本体2315円＋税）
ISBN978-4-86534-177-5 C0092 ¥2315E